기획의 말

그리운 마음일 때 'I Miss You'라고 하는 것은 '내게서 당신이 빠져 있기(miss) 때문에 나는 충분한 존재가 될 수 없다'는 뜻이라는 게 소설가 쓰시마 유코의 아름다운 해석이다. 현재의 세계에는 틀림없이 결여가 있어서 우리는 언제나 무언가를 그리워한다. 한때 우리를 벅차게 했으나 이제는 읽을 수 없게 된 옛날의 시집을 되살리는 작업 또한 그 그리움의 일이다. 어떤 시집이 빠져 있는 한, 우리의 시는 충분해질 수 없다.

더 나아가 옛 시집을 복간하는 일은 한국 시문학사의 역동성이 드러나는 장을 여는 일이 될 수도 있다. 하나의 새로운 예술작품이 창조될 때 일어나는 일은 과거에 있었던 모든 예술작품에도 동시에 일어난다는 것이 시인 엘리엇의 오래된 말이다. 과거가 이룩해놓은 질서는 현재의 성취에 영향받아 다시 배치된다는 것이다. 우리는 현재의 빛에 의지해 어떤 과거를 선택할 것인가. 그렇게 시사(詩史)는 되돌아보며 전진한다.

이 일들을 문학동네는 이미 한 적이 있다. 1996년 11월 황동규, 마종기, 강은교의 청년기 시집들을 복간하며 '포에지 2000' 시리즈가 시작됐다. "생이 덧없고 힘겨울 때 이따금 가슴으로 암송했던 시들, 이미 절판되어 오래된 명성으로만 만날 수 있었던 시들, 동시대를 대표하는 시인들의 젊은 날의 아름다운 연가(戀歌)가 여기 되살아납니다." 당시로서는 드물고 귀했던 그 일을 우리는 이제 다시 시작해보려 한다.

기획의 말

그리운 마음일 때 'I Miss You'라고 하는 것은 '내게서 당신이 빠져 있기(miss) 때문에 나는 충분한 존재가 될 수 없다'는 뜻이라는 게 소설가 쓰시마 유코의 아름다운 해석이다. 현재의 세계에는 틀림없이 결여가 있어서 우리는 언제나 무언가를 그리워한다. 한때 우리를 벅차게 했으나 이제는 잊을 수 없게 된 옛날의 시집을 되살리는 작업 또한 그 그리움의 일이다. 어떤 시집이 빠져 있는 한, 우리의 시는 충분해질 수 없다.

더 나아가 옛 시집을 복간하는 일은 한국 시문학사의 역동성이 드러나는 장을 여는 일이 될 수도 있다. 하나의 새로운 예술작품이 창조될 때 일어나는 일은 과거에 있었던 모든 예술작품에도 동시에 일어난다는 것이 시인 엘리엇의 오래된 말이다. 과거가 이룩해놓은 질서는 현재의 성취에 영향받아 다시 배치된다는 것이다. 우리는 현재의 빛에 의지해 어떤 과거를 선택할 것인가. 그렇게 시사(詩史)는 되돌아보며 전진한다.

이 일을 문학동네는 이미 한 적이 있다. 1996년 11월 황동규, 마종기, 강은교의 첫 시집을 복간하며 '포에지 2000' 시리즈가 시작됐다. "생이 덧없고 허기질 때 이따금 가슴으로 암송했던 시들, 이미 절판되어 오래된 명성으로만 만날 수 있었던 시들, 동시대를 대표하는 시인들의 젊은 날의 아름다운 연가(戀歌)가 여기 되살아났습니다." 당시로서는 드물고 귀했던 그 일을 우리는 이제 다시 시작해보려 한다.

토씨찾기

문학동네포에지 047

이경림 시집

토씨찾기

시인의 말

공중누각이다.
허공을 딛고 서서 밑을 보니
발치가 보이지 않는다.
아랫도리가 캄캄하다.
얼굴만 남은 사람들이 둥둥 떠다닌다.
몸뚱이는 다 어디로 갔나.

1992년 10월
이경림

개정판 시인의 말

다시 보니
서툴고 참담하고 아프다

부끄럽구나
오래전에 지나간 나여

먼지 낀 방충망에 제 머리를 부딪치며
붕붕거리던 날짜여

2022년 4월 벚꽃 흐드러진 날에
이경림

차례

2부

3부

1부

시(詩)

지우기, 드러내기, 꺾기, 구부리기
건너뛰기, 감추기, 꼬집기, 두들겨패기
숨기, 뒤집어씌우기, 빼기, 넣기
꼬리 붙이기, 꼬리 감추기, 벌벌 기기, 낄낄 웃기
부들부들 떨기,
숨 멈추고 생각하기, 찔끔찔끔 짜기

지울 수 없는 희망처럼
건너뛸 수 없는 슬픔처럼
감출 수 없는 꿈처럼
숨을 수 없는 생처럼

아아, 바람이 분다.
죄 없는 것들이 흩어지고 있다.

사랑한다

사랑한다 빗줄기와 줄기 사이에 가로놓인
번개 같은 평화를

사랑한다 시간의 일 분과 이 분
그 건너뜀 사이의 아득한 궁륭을

사랑한다 산마루에 죽은듯이 엎드렸다가
눈 깜짝할 사이에 후울쩍 날아오른
해의 그 보이지 않는 날개를

대낮 악마구리의 도시를 슬쩍 비켜 허공을
떠도는 알 수 없는 침묵 그 불가사의한 무게를
또 나를 떠난 말이
그대의 그것과 만나는
만나서 깊이 포옹하는 팔
팔의 힘
싸움 뒤에 문득 찾아오는 침묵 그 바람
또 내가 선 자리 양쪽 이백삼십오 밀리미터의 땅 밑 까마득한 반대편
어디선가 나와 꼭 대칭으로 서 있을지도 모를 누군가를

아아 정말은
이유도 없이 여기 남아 아주 잠깐 기적처럼

팔랑이는 수세기의 나
안개 같은
…………
…………
사랑한다
사랑한다
사랑한다

대하드라마 역사는 흐른다

1

흙벽 가득 검댕이에 그을린 부엌에서 종년 금련 어멈 시절 같은 구정물에 손 담그고 한숨 들숨 내쉬며 들이쉬며 설거지를 한다 같은 시각 독립군 유형은 일본놈 형사 다케오에게 거꾸로 매달려 피투성이 된 채 모른다 모른다 도리질하다 기진하고 미루나무 청청한 숲속 주인 나리께 빨래방치 인 채로 끌려간 금련 제 살아온 날 살아갈 날 겁탈당한다 헝클어진 머리 찢긴 속옷 사이로 이 나라 부끄러운 속살 보이는구나 화면 가득 크고 우악스러운 구두 밑이 클로즈업되고 그 밑에 소리 없이 짓이겨지는 여린 풀들 을사조약 모진 바람에 역사 한 시절이 돌아가는구나 잘생긴 일본군 형사의 낭만적 고민에 합세하는 역사 횃불을 들고 어둠 가득한 세트장 앞을 이리 뛰고 저리 뛰는 어지러운 역사의 한편에는 말간 개울물 흐르고 그 밑에 돌들 아 그래 저렇게 작고 단단한 것들이 빽빽이 누워 강을 강으로 흐르게 하는구나

2

한미 방위조약 남북 불가침조약 영해 불가침조약 미국 담배 팔아주기 조약 이태리 가구 수입하기 조약 소련 쪽으로 눈웃음치기 조약 정씨 차 많이 팔아주기 조약 조약 조약

물밑의 조약돌처럼 빽빽이 누워 있는 조약들 위로 강처럼 흐르는 최루탄 연기를 온몸으로 밀며 어둠 속으로

몸 숨기는 역사의 뒷골목에는 어린것을 등에 업고 나물 파는 여자 온몸으로 비린내를 풍기는 생선 장수 좌판 위에 놓인 김밥 속에 도르르 말린 빨강 파랑 노랑의 허기 같은 아니 꿈같은 사람들이 나란히 쌓여

3

사차선 도로 가득히 붕붕거리며 자꾸 밀리며 그래도 흐르는 역사를 아득히 내려다보며 기우뚱기우뚱 옛 달이 뜨고 검은 하늘 가득히 흐린 것들이 달무리를 지우며

천천히

토씨찾기

그날도사람들은무슨무슨이름의깃발들을손에손에들고왁자하니떠들며어디론가가고있었는데그들이한걸음씩옮겨놓을때마다온갖모양의앙증맞은토씨들이데구르르바닥에떨어져서는다리를절름거리며어디론가떠나가고있었습니다나는그들이버리고간토씨들을따라다니며욕심껏주머니에주워담았습니다하늘이노래질때까지그짓을하다보니"아"욕심때문에왼쪽손을잡고따라오던내가가장사랑하는토씨하나를잃어버렸습니다

나는

울며 떠났을

내 토씨를 찾아

노란 하늘 속으로

떠났습니다

어디?

창으로 찔러 죽이고 총으로 쏴 죽이고 늪에 밀어넣어 죽이고 올가미로 목을 졸라 죽이고 개굴창에 쑤셔넣고 밟아 죽이고 도끼로 찍어…… 비명이 산의 가슴을 찌른다 브라운관 밖에까지 피가 튄다 한 놈씩 제거될 때마다 영문 모르는 나무들이 꺾이고 밟힌다 비명과 비명 사이 TV 옆에 놓인 춘란이 싯푸르다 "이제 한 놈 남았다"고 중얼거리며 그는 정신 없이 어둠을 헤맨다 계곡물 소리 더욱 칼칼하고 보이지 않는 곳에서 부엉이가 운다 우엉 우엉

더럽혀진 하늘이 깨끗해지지는 않았다

갈대들은 머리털이 빠지도록 쓸고 쓸어도 더럽혀진 하늘이 깨끗해지지는 않았다. 키가 작아 죄 없는 하늘이나 쿡쿡 찔러보는 풀들. 찔린 몸에선 피가 흘렀다. 냇물처럼 그 위로 새들 떨어져 끝없이 떠내려가는 것이 보였다.

까마귀 한 떼
낭자하게 날고

구겨진 휴지조각 같은 구름 몇 잎이 날아다녔다. 아 누가 씹다 버린 지저분한 꿈과 절망이 바람이 불 때마다 이 구석 저 구석으로 날아다녔다. 별들은 더러운 하늘에서 내려와 홍진 속에서 더욱 요염하게 빛났다. 그것들을 차며 밟으며 추운 사람들이 오고갔다.

한풀 꺾인 회오리바람 하나
더러운 하늘과 땅 사이에서
갈피를 못 잡고

길, 어둠에 잠긴

밤, 시장 어귀, 나물 장사 욕쟁이 할머니가 앉아 있던 노점 의자가 어둠에 짓눌려 삐딱하게 찌그러져 있다 어둠은 그녀의 넓은 엉덩이에 쓸려 반짝이던 작은 의자의 얼굴마저 지워버리고 의자가 이고 있던 그녀의 온기 그녀의 욕설, 지도 위의 하구 같은 그녀의 주름살마저 지워버리고 그녀의 배경이던 〈개.같.은.내.인.생〉이 걸려 있는 극장 간판, 황금 열쇠, 지상에서 천국으로, 용궁 등의 불빛들을 거칠게 떠올리며 폭력처럼 비폭력처럼 웅성웅성 모여 있다

그녀가 돌아갔을 한끝은 끝없는 어둠 속으로 처박혀 있고 거친 불빛에 드러난 한쪽 길만이 바람에 펄럭인다
그 길의 한가운데로 한 뭉텅이 욕설 같은 바람이 지나간다
문득 어둠에 잠긴 길의 끝에서 별이 떠오른다

지금은 없는 그녀의 생처럼
어둠에 힘입어 더욱 반짝이는

그동안 얼마나 많은

그동안 얼마나 많은 일이 일어났는지
구름은 서둘러 산을 넘고 영문 모를 안개가 산허리를 조르고 한강 철교는 세 개에서 다섯 개로 벌떡벌떡 일어서고 그림자는 수도 없이 몸을 뒤틀었다 환하게 불을 켠 전철이 어디론가 급히 사라지고 계단마다 사람들이 동동거리며 오르내리고 그리고 아, 그사이 무언지 깜빡 숨을 거두기도 하였다

연둣빛 이파리들의 뒤에는 희미하게 불꽃이 타오르고 그래 불꽃은 얼마나 많은 이파리를 가졌던지 문득 되돌아오는 물음처럼 이파리들을 자꾸 틔우며 나무들은 얼마나 오래 거기 그렇게 서 있었던지 자꾸 제 구멍을 넓히며 시간은 사라지고 펄펄 뛰며 아우성치던 온갖 것들이 그 괴로움에 이끼가 돋을 때까지 얼마나 오래 엎드려야 했던지

태양이 제집을 나와 하늘 한 귀퉁이에 둥우리를 틀고 있는
그동안

ㄱ 혹은 ㅁ

ㄱ자로 꺾인 길을 돌아가자 문득 낯선 길이 열렸다 분명 가르쳐준 데로 왔는데 어찌된 일일까 있다던 약국도 떡집도 기쁜 소리사도 없고 비루먹은 미루나무가 지키고 서 있다는 작은 골목도 없다 한 커브를 덜 꺾은 것일까 다시 한 커브를 꺾어 돌아도 있다던 것들은 없다 미친듯 질주하는 차들에 싸여 더러운 바람이 일 뿐 점점 멀어져가는 태양 흐린 알전구의 필라멘트처럼 꺼질 듯 켜져 있는

곧 어두워지리라

나는 정신없이 두리번거리며 ㄱ자로 꺾인 길을 돌았다
나는 ㅁ자를 그리고 그리며
마침내 나는 ㅁ자 속에 갇혀

병상 일기

공동이라는 간단히 말해서 폐에 공기가 차는 우습게 말하면 허파에 바람이 드는 허허…… 허파에 바람 든 사람이 많았다 서로를 쳐다보며 킬킬 웃는 동안 웃음이 전염병처럼 누렇게 병실을 돌아다녔다

밤이 길었다 쉬 낫지 않는 병처럼 X-ray 인화지 위에서 나는 매일 바람을 만났다 안개 같기도 하고 구름 같기도 또 산정을 뒤덮은 어둠 같기도 한 것들이 늑골 사이를 저벅거리고 돌아다녔다 꿈결인지 자꾸 아이 우는 소리가 들렸고 멀지 않은 곳에서 무언가 무너지는 소리가 들렸다 전세방 월세방이 오래된 풍선처럼 쭈그러들었다

눈감으면 식은 잔등에 골을 파며 강은 어디로 흐르는지

그칠 줄 모르는 기침처럼 피고름처럼 갓난아이 울음처럼 문득문득 일어서며 아우성치며 누렇게 흐르는 저 강은

때로 칠흑 같은 어둠을 뚫고 별들이 확 쏟아져내렸다

눈물 같은

그리마

벽에 붙은 지도 위를 그리마가 한 마리 간다
아메리카를 지나 태평양의 한가운데 서서
잠시 위풍스런 상체를 휘휘 두르다가
덥석 아시아로 상륙한다

그리마의 발가락 사이에서 신음하는 아시아
그리마의 발가락 털의 그 황홀한 감촉으로
아시아의 여자들은
물로 녹아 바다로 흐르고
팽팽하게 살찐 태평양의 표면장력이 된다

옷자락만 남아서 펄렁이는 아시아

그리마의 발톱에 눌린
모래알만한 사내들의 모래보다 작은
수천 개의 심장만이 뛰쳐나와
잿빛 하늘 속으로 익사한다

나는 그리마를 잡으려고 손을 높이 쳐들었으나
그림자뿐이었다

그 한 주일 동안 나는

이를 뽑고 몸살을 앓고 진통제를 먹고 싸움을 하고 은행에 가고 증권회사의 전광판이 한없이 허방으로 곤두박질치는 것을 보고 시장 좌판 위의 나물단이 자꾸 움츠러드는 것을 보고 지하상가 가게들이 파리 날리는 것을 보고

그러나 해가 산봉우리를 밀고 오를 때 세상이 얼마나 붉게 물드는지 손 묶인 사람들은 어디로 끌려가는지 보지 못하고 흐린 하늘이 집들의 잔등을 내리누르는 것을 보지 못했다 그리고

바람 없이도 나뭇잎이 가만 흔들리는 소리 가는 하수도관을 타고 흐르는 빽빽한 물소리 전자 벽시계가 아주 작은 소리로 솨솨솨솨 줄달음칠 때 그뒤에서 출렁이는 파도 소리를 듣지 못했다 아 들었다

왜

왜 새는 날아오를 때 주둥이를 하늘로 향하는가
하늘은 작은 새의 깃털에도 흔들리는가
흔들리며 부서져내리는가 왜
해는 밥그릇을 닮았는가 밥그릇은 매일 하늘 한가운데서 이글거리는가 이글거리며
바람의 방향도 바꾸지 못하는가 왜
사람들은 매일 해를 먹는가 해를 먹은 여자들의 배는 통통하게 부풀어오르고 왜
사람들은 다시 해를 낳는가 이글이글 타는 밥그릇을 낳는가 밥그릇은 왜
남은 날짜처럼 하얀가 날짜들은 왜
언제나 기우뚱 사선으로 서 있는가 기울어지는 것들은 왜
구체적인가

저기 저 신세계 백화점 앞 일제히 사선으로 기울어져 오물거리는 사람들……
서로 부딪치며 밀치며 어두운 지하도로 내려가는……

울음 연습

울기

교회당 꼭대기 밤낮으로 서 있는
목마른 십자가를 위해

울기

어물전 좌판 위 생선들의 눈망울 속에
들어앉은 바다를 위해

울기

쇼핑센터 상인들 눈 속에 툭툭 튀어나오는
몇 알갱이의 주판알을 위해

외출해버린 이 세상 모든 꺼풀들을 위해

이 모든 것을 업고 저 캄캄한 수세기를 향해
부끄러운 손을 내민

우리의 20세기를 위해

울기

울기

울기

노예가

목적지를 코앞에 두고 몇백 보를 돌아서 건널목을 찾아 길을 건너다 문득 내가 노예라는 것을 알았습니다
밥을 먹다가 문득
옷을 입다가 문득
사랑을 하다가 용서를 빌다가 싸움을 하다가
문득
문득
문득

타성의 노예 보이지 않는 폭력의 노예
절망의 희망의 욕망의 인습의 관념의

노예들이 다 그러하듯이 나도 굴종을 좋아하지요
아름다운 욕망에 고개 숙이고
눈물에 인습에 관념에 희망에 폭력에
오, 그러나 나도 인간인지라 어느 날
딱 한 번만 당신의 반역자가 되고 싶습니다
한평생 이렇게 고분고분 살다가
나의 주인이신 당신
당신이 검은 옷을 휘날리며 내 문 앞에 서면
그때에!

이별법

줄다리기
허리와 허리를 마주 매고
둥그렇게 모여 서서
온몸에 힘을 주고 팽팽하게 줄을 당겨
뒤로뒤로 한 발씩 물러서서
벼랑 끝으로 가기
벼랑 끝에서 그림자 먼저 내려보내고
겨울나무 되어 눈꽃 같은 웃음 드날리며
힘주기 허리에 힘주기
비지땀을 흘리며 줄을 당기다
더는 물러설 자리 없을 때
아무도 몰래 손 흔들며
벼랑 아래로 슬쩍 잠적하기

입원인가 퇴원인가

의사는 내 병이 완치되었으니 퇴원해도 좋다고 말했다 축하를 받으며 퇴원 수속을 밟고 나는 병원 문을 나섰다 거리에는 황사바람이 불고 그 바람에 실려 어디선가 신음 소리가 들렸다 집집마다 아픈 사람들이 누워 있거나 앉아 있었고 제 상처를 들여다보며 우는 것이 보였다 시간은 사이사이에 거대한 감옥을 만들어놓고 한 사람씩 가두곤 척척척 소리를 내며 잠그고 있었다 나무들은 눕지도 못하고 서서 앓았다 집도, 거리도, 시장도, 국회의사당도, 허위도, 진실도, 희망도 모두 아팠다 상처에서 곰팡이 같기도 하고 부스럼 같기도 한 꽃들이 살기를 뿜으며 피었다 지고 피었다 지고 무언지 더러운 뒤꿈치만 보이는 것이 어디론가 내달았다 죽을힘을 다해 그것들을 쫓아가다 스러지는 사람들이 병원에 쌓였다 의사는 어디 있을까 그가 안 보였다 완치된 사람들은 눈에 띄지 않았고 멀리 또는 가까이 펄럭이는 검은 장막이 보였다 지친 사람들이 하나씩 다리를 절며 그 속으로 사라져갔다 수속도 없이 축하를 받으며 나는
훨씬 크고 더러운 병원에
입원을 했다

다시 병에 걸렸고
이번에도
가망은 남아 있는 것일까

나는 왜 정면으로 태양을 마주보지 못하는가

해바라기 몇 그루가 정면으로 태양을 마주보고 있다
그러고 보면 한낮에는 모든 것이
태양과 마주보고 있다
하얗게 드러누운 횡단보도의 선이
벌떡 일어선다

나는 늘 태양을 마주보면 눈이 아팠다
고개를 숙여도 태양은 정수리에서
빛나고 발아래서는 굽이치는 세월
나는 다리를 절며 어둡고 바람 부는
세계를 향해 간다
사방에서 나뭇잎들이 몸을 뒤척이며
탐욕스럽게 빛을 먹고 있다
끊임없이 무서운 날들이 내 왼편에서
오른편으로 흘러간다
아
더러운 웅덩이도 사발만한 태양을
안고 있다

나는 왜 정면으로 태양을 마주보지 못하는가

가지치기

때가 되자 거대한 톱날이
들쭉날쭉 웃자란 가지들을 사정없이 잘라내고 있다

가지 끝에 아슬히 달려 있던
단 하나 남은 명분까지도
소리 없이 잘리는 것이 보였다

들과 산 혹은 길에서
차례를 헤아리는 나무와 가지들
반쯤 남은 그림자들이 참을 수 없어
푸드득거리고 날아다녔다

한때는 오만과 이유를 달고 휘황하게
빛나던 것들
그것들의 시절에는 죄악까지도
상스러운 빛에 어우러져 아름다웠다

잘려 발등에 쌓이는 부질없는 것들
희망 욕망 절망 죄 진실 허위
날짜 시간 그리고 그리고 그리고……

톱날 소리가 그치고
흔들릴 아무것도 없는 몸에도 바람이 불고
다시 봄이 오고

상처 위에도 새싹이 돋아
그것들의 시절을 빛내며

아주 잠깐
거짓처럼 반짝이리라

그래 저물자 저물어가자

시작처럼 끝처럼 희망처럼 부스럼처럼
그렁그렁 붉어오는 동틀 녘 하늘처럼 허튼
꿈처럼 꿈 뒤에 펼쳐진
아득한 벌판처럼 딱딱한
껍질을 뚫고 나온 이파리처럼 어리둥절
나자빠진 네거리처럼 그 가운데 붉으락푸르락
핏대 올리는 신호등처럼 보도블록 위 저 혼자
돌아누운 돌멩이처럼 정신없이
미끈덩 세상에 밀려나온 어린아이처럼

껍데기를 말리며 낯색을 바꾸며
문득 돌아누우며
모서리를 닳구며 자꾸 키를 낮추며

아 밑도 끝도 없이 이글이글 타오르는
산봉우리처럼 쓸쓸함처럼

유배 일지
—무덤으로 가는 길 옆에는

돼지우리가 줄지어 있었다
우리에서 흘러나온 오물들이 맹렬히 풀들의 독기를 키우고 악취가 산자락을 물어뜯었다
산의 발치가 뭉텅뭉텅 뜯겨나간 것이 보였다

우리 안에는 발목까지 오물에 빠진 돼지들이 정신없이 진창 속을 돌아다녔고 한 귀퉁이에서는 온몸을 새끼에게 내어준 어미들이 나른히 잠들어 있었다 죽통에 코를 박은 무리는 조용했다 그 앞으로 만장을 펄럭이며 상여가 지나갔다 이따금

그래! 먹고 싸고 자고 꽥꽥거리고 누군가 저울에 달려 어디론가 실려가는 돼지들의 나날이 악취를 풍기며 산자락을 물어뜯으며 잡초 같은 것들을 무성하게 키우고 있었다 어느 날인가는 꿈처럼 포동한 새끼 돼지가 태어나기도 했다 나는 왜 그런 진창 속에서 그리도 뽀얗고 토실한 새끼 돼지의 나날이 곰실거리는지 진창은 왜 아랫도리만 적시고 등때기는 적시지 못하는지 햇빛은 왜 등때기 위에서만 유난히 반들거리는지 바람은 왜 악취에도 젖지 않고 악취는 왜 낮은 하늘만 적시는지 알지 못한 채 매일 햇덩이가 젖은 하늘에 발을 적시며 처덕처덕 걸어가는 소리를 들어야 했다

무덤에서

그래 네가 이렇게 머리말에 찔레 한 그루 피워올리는 동안 나는 잔돈푼을 거머쥐고 저잣거리를 헤맸다 네가 옆구리에 발치에 크고 작은 가시나무들을 키우는 동안 나는 최루가스에 취해 눈물 흘리며 골목골목을 뛰어들었다 네가 저 가시 구렁 사이로 없던 길 하나 내는 동안 나는 바람 부는 도시에서 알 수 없는 것들에 취해 있었고 네가 자꾸 뻗어오는 아카시아 뿌리를 안간힘으로 밀어내는 동안 나는 화면에서 불붙어 떨어져내리는 분신의 시대를 보았다 아무렇지도 않게 꾸역꾸역 밥을 먹으며…… 네가 너를 에워싸고 있는 숲에 한 마리 뻐꾸기처럼 뻐꾹 뻑뻑꾹 무슨 별난 이념처럼 울어댈 때 나는 씩씩대며 성교를 하고 돈 떼먹고 간 그자를 발이 부르트도록 찾아다니고 처음 만난 사람들과 농담 따먹기를 하고 한물간 그자를 그리워하고 그리워하고 또 그리워하고 아 네가 저리 흐드러진 찔레 향기로 온 산을 떠돌 때 나는 매일 그냥 네거리 신호등 아래…… 흑

정신병동
—반짝 빛나지도 않는

눈이 내린다.표정 없는.백치 같은.아이의.날들이.녹슨.쇠창살.사이를.빈틈없이.메꾼다.쓰고.흰.알약들이.촘촘히.떨어져.쌓인다.무겁게. 아이는.가슴을.짓누르는.무게를.느낀다.자폐의.찢어지는 통증의.아무에게도.말하면 죽어.아무에게도.말하면 죽을 것 같은.자.잠결의.창문 쇠창살 사이에 끼인.흰.어둠의.아무도 없음의.텅텅텅.빈 집의.어 엄마 무서워무서워무서워워워워.짖는.개.새끼들아.내 보내 줘.여긴 싫어.문짝을.발로 차며.발광하는.흰.알약들.입 벌려 쌔꺄.어린 나뭇잎들.눌리며.고개가.뒤로 젖혀지며.강제로.알약을 먹은.세상이.비틀거린다.어지럼증의.나무들이.허공에.기대어.눈을 감는다.근친 상 간 의.날들이.뽀얗게.

내린다. 쌓인다
치솟아오른다 이리저리
몰린다 흰 쇠
창살을 수없이 그으며 반짝
빛나지도 않는 흰
알약 같은 눈
이 내린다

둥둥 눈부셔라

하늘 가득 날개를 펼치고 있는 저 새의 그늘
머리 둔 곳을 알 수 없는 투명한 날개만 보이는 저것의
쭉지 아래 저리 환한 세상들이 켜져 있네

그 그늘 아래 음지식물들은 문득 솟아오르고
버섯 같은 아이들이 자라네 환한
그늘을 끌며 사람들은
골목으로 골목으로 더 깊이 들어가고
집들이 제 그림자에 갇혀 있네
바람은 아무데서나 원을 그리고 빙글
포도 위 이발관의 입간판이 돌아가네
붉으락푸르락 모세혈관을 부풀리며
데모대가 지나가고
매운 눈을 비비며 재채기를 하며
차들이 질주하네

강 저편에는 전쟁이 뭉게구름처럼 피어오르고
알 수 없는 것들이
불길에 휩싸여 강으로 뛰어드네 둥둥
해는 구천에서 제 살을 깎네 더욱
작게 둥글게 정교하게 그러나 그것도
눈부셔라 하늘 가득 투명한 날개를 펼치고 있는
저 새의 쭉지 아래 있으면

텅 빈 것들이 모반처럼

그가 온다 조간신문을 옆구리에 낀…… 새벽을 밀치며 외등이 제 발등을 뚫어져라 내려다보고 서 있는 그 앞을 지나 동트기 전의 어둠이 젖은 나무들을 부풀리고 서 있는 그 밑을 지나 무슨 속절없는 이야기 같은 것들이 컴컴하게 웅크리고 있는 그 옆을 지나

그는 무슨 구르는 작은 돌처럼 재빠르게 또는 소복한 어둠처럼 몸을 둥글게 구부리기도 하고 느닷없이 날아드는 정구공처럼 환한 빛 속으로 몸을 날리며

(어둠은 차고 단단한 벽을 가진 오지항아리 속에 집 나무 별 사람 모래 무슨무슨 이름 모를 짐승들의 울음 같은 날들을 가두어두고 끊임없이 그렁그렁한 눈물 같은 것들을 살갗에다 맺는다) 문득

세상 밖에서 누가 항아리를 두드리는지
울리는 이 침묵
그가 온다 집 나무 별 사람 그 사이를
들락날락 촘촘히 꿰매며
언덕을 내려오는 빈 수레 소리가 유난히
크게 들리고 텅 빈 것들이
모반처럼 커지고 있는 그 어둠을 뚫고

그것은 느리고 지루한 그자의

노랫가락 낮게 흥얼거리며 천천히 내려가는 두레박 한 끝이 그자의 손에 잡힌 줄도 모르고 두레박은 캄캄한 우물 속으로 제 온몸을 던진다 던져진다 던져질 때 그는 알까 철버덩 소리를 우물 가득 울리며 어두운 수면 위로 몸을 부딪칠 때 알 수 없는 힘에 떠밀려 기우뚱기우뚱 빈 속에다 조금씩 물을 채울 때 그리고 아주 잠깐 고통인지 기쁨인지 아수라장 같은 차고 흥건한 것들에 잠길 때 흘낏 올려다본 하늘이 꼭 돈짝만할 때 그는 알까 그래

예정된 필름처럼 천천히 끌려나오며 출출출 정액 같은 것들을 쏟으며 수없이 벽에 부딪치며 오를수록 돈짝만하던 하늘이 막막해지고 마침내 더 흘릴 눈물 같은 것도 한 점 피 같은 것도 닫혀버릴 때 그는 알까 하늘 속이 훤히 들여다보이는 날들 그 속에서 상한 미루나무가 미동도 못하고 서 있는 날들 우물 바닥에 깔린 시멘트 같은 날들…… 그 위에 그자의 구역질처럼 제 속을 좌르르 쏟아버릴 그의 날들이 거기 그렇게 마알갛게……

그곳 너무 먼

—양동에서

시간을 놓치면 갈 수 없는 곳 하릴없이
완행이 다니는 곳 외길의
마을이 잠깐 끝나는 곳
두 대의 택시가 다니는 곳 타박타박
어린 소가 지나다니는 곳

밤송이 같은 것들이 자꾸 신발창을 찌르는 곳
너무 일찍 해가 지는 곳 어둠이
무섬무섬 웅덩이마다 내려앉는 곳
얼마나 더 깜깜해져야 별이 저리 잘 보이는지
어둠의 몸에는 얼마나 많은 별이 암처럼 박혀 있는지
알게 하는 곳 어둠 속에서
공공공 짖으며 무언가 달려오는 곳

컴컴한 역사가 있는 곳
역사가 온통 지린내로 진동하는 곳 그곳
너무 먼

2부

유서 1

잘 있거라
지금 나 깔고 앉은 방석 밑의 방바닥이여 그 밑의 구들장이여 그 밑의 동으로 서로 엎드린 캄캄함이여 그 밑의 모래여 그 밑의 지층이여 그 밑의 밑의 밑도 끝도 없는 물소리여

잘 있거라
석쇠 위에서 지글거리는 세상이여 세상 같은 미루나무여 미루나무 같은 배반이여 배반 같은 밥이여 밥 같은 꿈이여 꿈 같은 골목이여 골목 같은 삶이여 칠흑 같은

내 너희에게 남기노니
내가 발목 빼느라 비지땀을 흘리던 저 진창 속의 발자국과 풀리지도 못하고 공중에 얼어붙은 내가 뱉은 말들과 이승의 더러운 이불인 울긋불긋한 시간들과 세상 어디에도 없는 집과 없는 땅 그리고 그 무수한 없는 것을 증거하노라 불붙었던 내 붉은 혀와 어둠 속에서 튀밥처럼 부풀어 떠 있던 흰 밥알들과 창호지 같은 해와 아 저기 저 보이지 않는 곳에 기우뚱 위태롭게 서 있는 이 세상 모든 없는 것들을 남기노니 세상에서 매일 꾀죄죄한 이불을 덮고 잠들 애시당초 없는 나의 사랑하는 자식들아 자식들아

유서 3

도대체 있는 것은 무엇입니까
면목없습니다
면과 목이 모두 없어져버렸습니다

유배 일지 1

—여름 1989

폭우가 쏟아지다가 느닷없이 폭양이 내리쪼이는 가늠할 수 없는 날들이 계속되고 그사이 흉흉한 소문처럼 나무들은 사방으로 가지를 뻗었다.

그 가지에 하늘이 가렸다.

그 여름의 무더위는 내게 자꾸 흰옷을 입혔다.

무덤으로 가는 길은 너무 거칠고 돌부리에 채어 넘어질 때마다 내 흰옷이 조금씩 더러워졌다.

알아들을 수 없는 구호처럼 매미 울음이 숲을 덮었고 그 소리에 무덤 주위는 바람 한 점 통하지 않았다. 잡초를 뽑는 손에 자꾸 잔디가 딸려 나왔다.

어느 것이 잡초인지

어느 것이 잔디인지

분간할 수 없는 날들 사이로 거침없이 비가 내리고 비 그친 뒤의 숲은 알 수 없는 신열로 헐떡거렸고 비는 낮은 곳을 더욱 낮추며 더 낮은 곳을 찾아 흘러갔다. 후미진 곳에서 엉겅퀴 넝쿨이 거친 손으로 산비탈을 움켜잡으며 무덤 쪽으로 기어오르는 것이 얼핏 보였다.

유배 일지 2

헛간이었던지 무너질 듯 서 있던 그 집에서 나는 기다렸다 그를 기다리는 동안 문밖에는 두런두런 낯모르는 장정들의 목소리 같은 세월이 지나갔다 금속성의 여자 목소리 같은 아이 울음 같은 세월이 빠르게 지나갔다 지친 황소 울음 같은 바람 소리 같은…… 애가 끓었다 그는 어디에 있는 걸까 삼부로 빌려줘 아냐 딸라야 컹컹컹 개 같은 세월이 짖어댔다 밤이 오는지 귀퉁이에 거미줄이 넓어지고 박쥐가 숨죽이고 붙어 있는 천장이 무서웠다

아 끝내 그는 오지 않는 걸까

문틈으로 캄캄한 것들이 들여다보고 있었다

당신인가

유배 일지 3

어머니

그곳에는 아직도 당신의 애간장처럼 해가 끓고 있는지요 그놈의 눈치도 소리도 없는 징그러운 세월은 구석구석에 똬리를 틀고 있고 단풍나무는 여전히 버얼겋게 제 멋에 취해 있고 아가손나무의 손들은 짝짝짝 박수를 치는지요 아직도 밤이면 환하게 불을 켠 무덤들이 조용히 별빛에 흔들리고 길들은 여전히 나른히 잠들어 있고 그 위를 지나가는 고통과 싸움과 질병과 오 고달픔의 군화 소리 시끄럽게 들리는지요 강물은 여전히 무표정하게 도시 외곽을 휘돌고 하늘은 시시각각으로 변덕을 부리는지요

어머니

여전히 빗줄기 사이에도 길이 있고 우산을 쓴 아이들이 자꾸 자라는지요 그 길을 따라가면 숲이 있고 아름드리나무들이 우뚝우뚝 슬픔처럼 서 있는지요 새들은 여전히 제멋대로 날고 새의 날개에 위태롭게 얹혀 다니는 어리석은 생각들이 보이는지요

황혼이에요
어머니
이 간곡한 그리움의 어둠을 어찌할까요

유배 일지 4

나무관세음
아뇩다라삼먁삼보리
관자재보살(拜)

개구리는 개굴개굴
보리 이삭은 산들산들
허기는 우글우글

—일배(一拜) 하고 바라본 세상—

굴욕의 땅에서 1

—진(珍)에게

밥숟가락 넘기는 일이 이렇게 아득한데 영영
못다 할 날들이 벌떼처럼 몰려오는구나
햇빛은 차고 달빛은 섬짓한데
그 사이 어느 틈새로 너는 날아갔을까

너를 묻을 때 삽 끝에는 자꾸 길이 끌려든다
네 길도 잘 접어 관 귀퉁이에 묻어준다
나무들이 굴욕처럼 우뚝우뚝 서 있는 숲에는
아픈 새의 울음이 구른다 미처 자리잡지 못한
흙들이 바람에 날린다
네가 가져간 날들이 오지 않는다

그렇다
너는 아무도 없는 어둠의 한가운데 두 팔을 벌리고 휘적휘적 찾아올
키 큰 궁륭과 입맞추리라 첫 키스처럼
아득하고 모호한 날들이 너를 에워싸리라 그때
나는 어둠의 뒤편에 서서 멀리서 태양이 비껴 뜨고 수직으로 떨어져내리는

장관을 보리라 아 한꺼번에 때묻지 않은
새들이 날아오르리라
깃털 위에는 검고 검은 날들

정오의 시계는 일제히 두 손을 모으리라
태양이 정수리에서 수직으로 떨어지기 전에
사람들은 서둘러 지하철을 타리라
한 칸씩 어두운 계단을 밟고 내려가 그 속에 불이 환한
죽은 날들과 죽을 날들이 함께 두서없이 실려
소리 없이 뒷걸음치리라

대답해다오
끝없이 설레고 설레면서
나무는 나무의 반짝임으로
집은 집의 어두움으로
길은 길의 정처 없음으로
어느 아득한 들판에 쓰러져야 하는지

굴욕의 땅에서 2

—진(珍)에게

해는 오늘도 하늘에다 일수 도장을 붉게 찍었다
세상 가득 일수 장부 한 장 넘어가는 소리 펄렁인다
그 바람에 휘몰려 머리카락 헝클어지듯 세상 돈다
돌며 새떼 어지러이 날아오를 때 눈물처럼 후드득 깃털 빠진다

눈감으면 너는 늘 네거리 한복판에 서 있다
때없이 붉은 꽃 낭자하게 피어오르고 내 눈물 네 눈물 꿰뚫으며
크고 무서운 것들이 달려간다 너는
사라지고 희망처럼

보퉁이를 들고 굴욕의 날짜를 기어오른다
오를수록 해는 더욱 붉고 멀고 어디선가 상한 바람 불어닥친다
집들이 모서리를 조금씩 허물어뜨리며 세상 끝으로 걸어가고 있다
아 썩는 땅은 기름져 나무들 절망처럼 무성하고 그림자 더욱 검구나
그 그늘에 몸 적시며 아득한 곳 찾아간다
그곳에 모호하게 몸 눕히고
살들 흩어지는 소리 듣고 싶어

굴욕의 땅에서 3

—진(珍)에게

꼭꼭 숨어라 머리카락 보인다
나는 술래가 되어 너를 찾는다
장독 뒤에도 담 밑에도 등나무 등걸 밑에도
너는 없고 희망은 없고 길은 없고
찰랑 어둠만 고여 있구나
뒤돌아 눈 가리지 않아도 세상 막막하고
담장 더욱 완강한데 하루종일
장독대 뒤로 담 밑으로 등나무 등걸 밑으로

굴욕의 땅에서 4
—너는 산이 되고

산의 한 귀퉁이 생채기를 내며 네가 묻힌다
폭양 아래 달궁을 부르는 사람들
너로 하여 산 전체가 신음하며
산의 모습 전부가 달라지는구나

진실은 산의 저 아래 묻히고 그 위에
푸르게 돋을 풀이여
거짓이여
산 아래론 너와 내가 달려온 길들이
어지럽게 누워 있다
길은 산 아래서 느닷없이 끊기더니
높고 가파른 무덤으로 가지만
무덤 위에는 길이 없구나
나뭇잎들이 바람에 이파리를 뒤집는다

아, 바람에 산이 깎이는 소리 들린다
깎이면서 완곡한 어깨를 이루는 산
문득 어느 능선을 넘는 숨찬
네 발소리 들리고 까마득히
막 한 커브를 꺾는 차의 모습이 보인다

굴욕의 땅에서 5
—진(珍)에게

밤. 뒤안 가득 세상처럼 어둠 고여 있고
먼 곳에서 더 큰 어둠 무너지는 소리
하루종일 네가 간 길들을 더듬는데 탄식처럼 하……
길들은 날아가고 지워지고 꺾어지고 구부러지고
어느 모퉁이에선가 굴욕처럼 기척 없이 숨었다가
느닷없이 튀어나올 것 같은 너를 찾아
너를 찾아

안암동 1
—돔바위 산

누가 씹다 버린 희망이나 못다 이룬 잠
더럽혀진 그리움 같은 것들이
판잣집 촉수 낮은 불빛에 고여
골목길을 돌아오는 너의 좁은 어깨를 바라보는
일은 하릴없고…… 어둠이 비탈길을 휩쓸 때
산 뒤편 부촌으로 난 오솔길은
무섭도록 희다 삶이여
키 큰 바람이 산 아래서 우악스레 거슬러오를 때
황사에 싸여 회오리처럼 몰려오는 허기여
아 하루는 허기처럼 길고
거리에는 이루지 못한 사랑이 휴지처럼 쌓인다
숨고 싶어라
돔바위 산을 스미는 시린 물소리
바람 소리 거친 숨소리 울음소리
그 아래로
어둠에 싸인 산
서서히 제 그림자를 키우는

안암동 2
—영화 밖

길은 날마다 수십 갈래로 내 앞에 드러누웠다
산밑 불빛 희미한 재건 학교로 가는 길은 어둡고
공동 수도에는 입 벌린 물통들이 장사진을 쳤다
물통을 지고 산을 오르면 발이 잘 맞지 않아 물은 울컥울컥 토하고
가늘게 이어졌다 끊어지는 길 휘파람처럼
십구공탄의 구멍 사이로 자꾸 바람이 샜다
아궁이에는 곰팡이꽃이 만발하고
이질에 걸린 아이가 마알갛게 눈을 뜨고 죽어갔다
비가 오고 무덤 사이를 파고드는 빗방울들의 소리가 창호지를 찢었다

절망은 마른 장작처럼 불타올라 그 앞에 쭈그리고 앉아 불을 쬐면 거짓말처럼 몸이 녹았다
아 날마다 어둠이 폭설로 내려
내 발목을 덮었다 나는 어둠에 지워진 길을 더듬어 극장에 갔다
영화 속에는 굵고 실한 길 위에 근심 없는 사람들의 웃음이 굴러다니고
불빛 환한 집들이 우뚝우뚝 솟아올라

안암동 3
—스물이 올 때

나는 산꼭대기 집 마당에 서서
어머니가 힘겹게 업고 오는 하늘을 보았다
산은 부른 배에 힘을 주어 자꾸만 어머니는 미끄러지고
그때마다 업힌 하늘이 한 짐씩 무너져내렸다
건넌방에는 실직한 아버지의 코고는 소리가 문고리를 잡고 흔들었다
그의 잠은 너무 깊고 어두워 산동네에는 대낮에도 어둠이 내렸다
아버지의 잠과 잠 사이로 나는 별들을 주우러 다녔다
마거리트꽃이 뽀오얗게 허기에 흔들렸다

물장사 김씨가 빙판에서 미끄러져 죽던 날 바람은 큰 손으로 지붕 꼭지를 잡아 흔들고
나는 낯모르는 사람에게서 연애편지를 받았다
영문 모를 싸움 소리가 그치지 않고 집 뒤 계곡물 소리가 점점 크게 들리더니 느닷없이 툭 끊어졌다
멀리서 전차가 땡땡거리며 스무 살을 싣고 오고
나는 아슬히 지구의 난간을 붙들고
물소리를 찾아

안암동 4
—희망

1

너는 바람처럼 서쪽 숲에서 불어와
내 머리칼을 흔들어놓고
옷매무새를 흐트러놓고
눈동자를 흐려놓고
내가 바라보는 한쪽 하늘을 온통 어질러놓고

2

나는 너를 빗는다
내 발가벗은 스물을 빗어
달빛 휘 늘어진 들판에 던져둔다
달빛은 절망처럼 차고 섬짓해
칼날처럼 일어서고
너는 칼날 위를 걷는
흘릴 한 점 피도 없는

안암동 5
—연애

너를 만난다
절망은 미친 바람으로 내 등을 밀어붙여
나를 바다의 끝에 데려다 놓는다 그 끝에서
허기처럼 너는 온다
파도를 등에 업고 어둠의 언저리를 서성거린다
등대 옆에 있는 풍향계를 밟고 도는 바람이
그를 자꾸 기울게 한다
모래사장이 점점 솟아오르고
바람이 죽은 나무들을 깨운다
그의 파도에 내가 휩쓸린다

안암동 6
—모르는 길

어디선가 자꾸 습기가 올라와 얇은 옷을 적셨다 문밖에는 키 큰 그림자가 어른거리고 귀뚜라미 소리가 맨몸으로 산비탈을 내리굴렀다 교회 마당 감나무에는 잘 익은 절망 같은 것들이 가쟁이가 휘어지게 열렸다 종지기는 시도 때도 없이 종을 쳤다 종소리에 부딪혀 집들은 자꾸 금이 가고 갈라진 흙벽 틈새로 바람이 불어와 방안을 휘젓고 다녔다 심장병에 걸린 동생의 가슴에 불이 점점 흐려졌다 밥 짓는 연기가 힘겹게 흐린 하늘로 끌려들어가는 것이 보였다 낯모르는 길들이 벌떡벌떡 일어서서 걸어오고 햇빛이 자꾸 언덕배기에서 미끄러졌다 고통은 산그림자보다 크고 그 그림자에 산이 휩싸였다

눈이 왔으면 아 거짓말처럼
눈은 산그림자를 덮고
산은 눈 위에 가볍게 떠올랐으면

안암동 7
—세상에서 가장 낮은 목소리로

아아 어젯밤에는 매장비가 없어
죽은 동생을 내 손으로 암매장하고 오늘은
납부금 미납 제적 통보를 받았으니 내일은
배불뚝이 교장 선생님께 통사정이나 하러 갈까
아랫방 스페어 운전사 박씨는 실직을 하고
옆집 희성이는 폐렴으로 죽어가고
앞집 은자는 사생아를 낳고
문풍지는 미친듯 떨리는구나

비가 내린다
찬비를 맞으며 가로수는 잔뜩 겁먹은 얼굴로 서 있구나
겁내지 마라 이 비 그치면 비극은 더욱 세차게 뿌리를 내리리니
작은 바람에도 이파리들은 무섭게 반짝이며 몸을 뒤틀리리라
아 비극은 숲을 이루리라
그 그늘은 더욱 검고 지친 사람들 그 밑에서 깊이 울리니
아픈 새들아 노래하라
세상에서 가장 낮은 소리로 으으으
그러면 없는 길을 헤치고 미래의 한 시인이 오리니
절망의 붉은 모자를 눌러쓰고 다리를 절며
그리고 찬란한 비극은 노래 불려지리라
세상에서 가장 낮은 목소리로
으으으 으으으

안암동 8
—하느님 전 상서

우리는 산동네에 살지요 어찌 이리 아름다운
매일 절망은 종소리처럼 울려퍼지고
종소리에 부딪혀 집들은 자꾸 금이 가지만 종지기는 시도 때도 없이 종을 치지요
그리고 당신은 교회당 안에서 바람난 계집애들과 킬킬킬
사랑을 하지요 입심 좋은 하느님
우리는 산동네에 살지요 (어찌 이리 아름다운)
취하지 않은 사람들이 갈지자로 걸어다니고
갓난아이가 노오랗게 허기에 취해 있는 그리고 오늘도 싸움은 꽃처럼 피어납니다
산꼭대기에 서서 바람난 당신과 땅이 은밀히 하는 그 짓
훔쳐보는 재미 오 당신은 모를 거예요
땅은 갖은 교태로 당신을 끌어당기고 지엄하고 눈부신 당신이 욕망 앞에 빛을 잃는 꼴을
당신의 바람기는 우리를 더욱 어둡게 하지만
매일 찐 고구마만큼의 환희를 내게 주시는 당신
그리운

안암동 9
—희망

오너라 아직도 남아 있다면
담 모퉁이에서 더러운 옷을 입은 조무래기들이
햇빛을 쬐고 있는 사이로 루핑 지붕에 묻어 눅진거리는 치사한 햇살 사이로
실업과 굶주림과 사기와 절도와 싸움과 연민과
아 시시하고 시시한 것 사이로

산 아래엔 매일 파도치는 데모대
밑도 끝도 없이 아득한 이념이여 삶이여
양은그릇 하나라도 훔쳐가려고 밤마다 기웃거리는 늙은 도둑같이
도둑의 옷자락에 일어나는 바람같이 비같이 눈같이 사기같이
폭설로 내리는 어둠같이

더럽고 더러운 희망아

안개의 몸

길이 있었네 수많은 작은
입자의 길이 떠다녔네 나는 안개의 몸
길 속에 갇혔네 부드럽고 축축하고 차고 아
어쩌면 단단한 너무 작아 보이지도 않는 수천의
입자가 길을 만들며 길을 지웠네

안개의 몸속에 길이 있었네
너무 이득하고 깊고도 멀었네 나는
너무 많아 오히려 없는 길을 걸어갔네
안개의 옷을 입은 나무처럼 모호하게 흐느끼는 것들
몸속에 수많은 입자를 감춘 것들이 희미하게 서 있었네
산짐승의 울음처럼 나는 자꾸 더 깊어졌네
세상은 젖은 채 깊어가는 길이었네

3부

아~ 하고 하품을 하다가

아~
하고 하품을 하다가
문득
악어의 벌린 입이 생각나고
입속에서 수십 마리 악어새가
이빨 사이에 끼인 찌꺼기를 먹는 모습이 보인다

악어의 입속에 갇힌 세상
구린내 나는 입속에서
사람들은 한 마리 악어새가 되고
굶주린 악어새가 되고

나는
시도 때도 없이
악어가 큰 입을
"칵"
다물어버릴 것 같아
겁이 난다
제발
더 크게
더 오래
아 …… ……
아 …… ……
벌려주었으면 좋겠다

비명을 지르며 추위가 몰려왔다

비명을 지르며 추위가 몰려왔다
수백 마리 소떼가 몰려오는 발굽 소리가
천지를 뒤흔들었다

질린 산과 들
꼿꼿이 선 채 얼어붙은 나무들

흰옷 입은 것들이 점점점점
솟아오르더니 세상 어디에도
백기가 펄렁거렸다

아 죽음 같은 희망과 희망 같은 죽음이 번갈아가며
나타났다 사라지고 나타났다 사라지고
터미널에는 발차를 기다리는 사람들

고속으로 가는 광주 고속으로 가는
부산 속초 고속으로 가는 희망 절망의
구렁텅이 구렁이같이 휘감겨오는
구렁텅이 구렁텅이

수백 마리 소떼가 눈알을 부라리며 그 속으로
달려들어간다 비명을 지르며
추위가 몰려왔다

세상 어디에도 백기는 펄럭이고

꿈에

건너편에서
키 큰 사람 하나가 걸어온다
거인인가봐
하고 생각하는데 어느 사이 나는 그의 뱃속에 있다

뱃속에서 나는 한 점 오물이 되어
더러운 내장 속을 흘러다니며
부글부글 끓다가
어느 날 그가 소화불량이 되어
배탈이 났을 때
아득한 몸밖 어디
소리 없는 배설물로 흩어져갔다

태풍

TV 일기예보 시간에
태풍의 진로를 그리고 있는
기상 통보관의
손끝

한반도가
머리를 풀고
퉁퉁 불은 몸을
떨고 있다

초속 몇십 미터의 속도로
눈알을 희번덕거리며
달려오는 그놈을 보면

무섭다
서럽다

사라
셀마
엘리스

노랑머리 여자의
치마폭에 놀아나는
아시아

그리고
한반도

"태풍 셀마가
북상중이니
한반도
전 지역은 대피하시기
바랍니다"

아
나는
숨을 곳이 없다
학교에도
공장에도
상가에도
아니
골 속까지 후비고 들어
오는
그녀

원수 같은 년, 이년
살 껍데기라도
벗겨가거라

나는 태풍경보를 한다
태풍 영이
태풍 순이
태풍 영자

"태풍 순이가
미시시피 상류로 북상중이니
전 아메리카
신사 숙녀 빌딩 전봇대는
포복하시오"

추위 속에서

뻣뻣하게 드러누운 겨울의 허리에 수백 개의 경침이 꽂혔다
허리가 아픈 사람들이 구부리고 눈보라 속을 걸어간다
벗은 나무들은 더 깊은 곳으로 발을 찔러넣고
발가락 사이를 흐르는 은밀한 반역의 소리를 촉감한다

말없이 제 높이를 쌓는 하늘
구름 사이로 생각처럼
은빛 비행기 들락거리고
내가 바라볼 수 있는 시야의 한계

아 어느 세월에 눈뜨여
구름 위까지 볼 수 있느냐 그 위에
재림처럼 날아올
봄을 볼 수 있느냐

육교 아래 사는 비둘기를 위하여

어두컴컴한 육교 천장 아래
폐허처럼
옹기종기 살고 있는 비둘기떼

누가 너를 일컬어 평화라 했더냐
평화여
네 등을 물어뜯으며 달리는 자동차의 행렬
아니 달리는 것은 자동차뿐 아니다

어둠에 납작 엎드린
화평의 등허리를 긴 손톱으로 내리그으며
한 우악스러운 시대가 달리고 있나니

오 바퀴벌레처럼 어둠 속에 숨어 앉은 평화여
묻노니 그러면
이 도시를 에워싸고
하. 하. 하.
천연덕스럽게 웃고 있는 저 밝음은
무엇이냐

물을 끓이며

가스레인지 위에 물주전자가 팽팽하게 불꽃과 대치하고 있다
새파란 시간의 혓바닥이 끊임없이 주전자를 핥으면 미동도 않던 그가
바알갛게 단 몸을 비틀며 신음하기 시작한다 마침내
살이 떨리고
분노처럼 살이 떨리고
덜덜 떨리고
펄펄 뛰고

전후 좌우로 몸을 늘리며 투명한 살이 살아서 뛴다
눈을 부릅뜨고 아
참을 수 없는 이 치욕

살이 떨리고 마알갛게 떨리고
견딜 수 없어
펄 · 쩍 · 펄 · 쩍 ·
뛰고

한국 여자

불안증을 치료받으러 신경정신과에 갔다
전문의 의학박사 '××'라는 이름을 두 마리의 용이 감싸고 있는 의사가 내게 물었다
　시부모와 불화합니까
　남편과 갈등이 있습니까
　아이들이 속을 썩입니까
　아니요
　아니요 아니요
의사는 고개를 갸우뚱하며
　대개의 한국 여성들은 이 세 가지 중 하나에 문제가 있습니다 잘 생각해보시면 그중의 하나가 발견될 것입니다
그러나
아무리 생각해도 아니었다

오늘 나는 화냥질이 하고 싶었다
오늘 나는 독한 술을 마시고 싶었다
오늘 나는 옷을 활활 벗어던지고 햇볕 쨍한 거리를 어슬렁거리고 싶었다
나는 오늘
머리를 풀고 껵껵거리며
아주 근사한 고민에 빠져보고 싶었다

도대체 나는 어느 나라 여자인가

총알택시를 타고

나는 지금 총알이다
질주하는 차 속에서 나는 겁 없는 총알이 되었다
아모레 위크엔드 역전다방 김산부인과
아 ……탕
위 ……탕
역 ……탕
김 ……탕

아 나는 그들의 머리밖에 맞힐 수가 없다
머리를 맞은 아모레의 모레가 날아가고
—크엔드도 날아가고 —전다방도 날아가고

누군가가 쏜 총의 총알이 되어 날아가고 있는 시대, 사람들 너무 빨라 오히려 고요한 그것들의 보이지 않는 속도감 차창으로 처녀막을 찢기는 시간들의 아득한 비명소리

미사일이 되고 싶다 나는
머리만 맞고 혼비백산해 달아나는 그 아랫도리를 쏘고 싶다
왼눈을 감고 숨을 죽이고
비닐하우스의 막처럼 투명하게 끝이 없이 쳐진
저 음흉한 시간의 끝을 향해 멋지게 명중하고 싶다

타······················○

팔리기를 기다리는 온갖 것들이

시장에는 팔리기를 기다리는 온갖 것들이 매춘부처럼 누워 있습니다 무엇이 지나갈 때마다 음흉한 포주의 눈은 번들거립니다 이날을 기다리며 속을 채워온 배추들이 머리채를 산발을 하고 쌓여 있습니다 출근길 버스에는 팔린 사람들이 종종걸음을 치며 실려갑니다 매춘의 분칠을 하고 즐비하게 누운 시간들 오대양 어느 물살 위에는 가난한 나라들이 없는 무엇을 팔기 위해 누워 있습니다 아 그 위에 잃어버린 내 사랑 나의 애인도 누워 있습니다 그대여 팔고 팔아도 되돌아 남는 고통이여

분칠을 하고 오늘
나는 무슨무슨 우악스러운 손아귀에
우그러질까
깡통처럼

아침 식탁에는
매춘의 고춧가루를 뒤집어쓰고
한 나라가 누워 있습니다

공동묘지

그들은 구질구질하게 더럽혀진 옷을
하얀 상석 위에
고즈넉이 벗어놓고 문득
동그란 마침표 속으로 들어가
웅크리고 앉아 있다

말없이 오직
한 개의 부호로 남아 나란히
나란히 누워 있다

마침표
마침표
……
……
가
모여서 된

말없음표 속에 엎드린
말들의 낮은 목소리여

묘사를 위한 단상

마당 귀퉁이 단풍나무가
버얼겋게 생에 취해 있다
모가지가 비틀려도 담쟁이는 하늘로 오르고
쇠처럼 반짝이는 나뭇잎
바람 속에서
끊임없이 몸을 털어도
쇠는 더욱 반짝이고 바람은
살기를 띠고 산허리를 휘감고 있다
아 그 위에
새파랗게 미쳐가는 하늘

잠자리에서

잠자리에 들어 눈을 감으면
왼종일 돌아가던 지친 지구가 슬몃
내게 기대오고
나는 지구를 업고
지구는 나를 업고
둘이는 꼭 같이 가위에 눌린다

어둠 속으로
발꿈치를 들고 가만가만 걸어가는 시간들의
낮은 발소리 들리고
한 방울씩 목숨 떨어지는 소리

눈감으면
내가 태어나기 전 어느 햇살 쨍하던 날의
맑은 유리창이 보이고 또
내가 떠난 뒤 어느 집 붉은 지붕 위에 떨어질
낡은 햇살도 보인다

나는 자꾸만 빙글거리며 돌아가고
멀리 가까이
흰색 깃발 팔랑거리며 뛰어가는
사람들이 보인다
내가 보인다

비 오는 날의 연상

정원 귀퉁이 외등 앞에서
뽀얗게 머리를 풀고
허우적대며 내리는 비를 보며
웬일인지 나는
낮에 시장에서 본
욕쟁이 채소 장사 할머니가 생각나고

그 할머니의 헝클어진 머리
검은 입술에 붙어 있던 색색깔의
욕들이 생각나고

제 설움에 겨워
펑펑 울어젖히던
그 걸퍽진 눈물이 생각나고

비는
그녀의 입술이 되어
저혼자 신명에 겨워
지랄하네 지랄하네 지랄하네 지랄하네
속살에 젖어오고

웬일인지
나는 지랄하네……
하면서

눈물이 난다

슬픈 시

텅 빈 하늘에
이름 모를 새 한 마리 떠 있다

너무 높아 머리 둔 곳을 알 수 없는

장미 1

한발 앞서 온 욕망의 발이
가시에 찔려 뚝뚝
피 흘리고 있다

피의 빛깔은 아름답고 죄악처럼
요염하고 죄의 입술은
화려하고 작부처럼
화려하고 술 취한 작부는
온 담장을 기어다니며

홍 · 홍 · 홍
紅 · 紅 · 紅

(웃는다 오 오월의 지상이 비틀거린다)

그녀의 손에 한쪽 다리를 붙들린 나는
담 위에 한 다리를 걸쳐놓은 채
낭패한 웃음을 웃는다

장미 2

울타리 밑에
장미 이파리들이 떨어져
소복이 쌓여 있다

진한 루주를 바른
입술들이
입만 살아서 수다를 떤다

아나운서 같기도 하고
코미디언 같기도 하고
사기꾼 같기도 하고
여자 같기도 하고
죄악 같기도 하고 진실 같기도 하고

아무튼
……같기도 한
이파리들이

봄날

가슴을 풀어헤친 아스팔트 위로
햇살이 질펀히 흐르고
그 물살을 헤치며 혈통처럼
차들이 흘러갔다

희뿌여니 모호한 하늘에
이름 모를 새 한 마리
휴지조각처럼 날아다녔다

터질 듯 물오른 가로수와 그 밑
신호등의 초록 불빛이
거짓말처럼 잘 어울렸다

도무지 이곳에서 무슨 일이 있었던 것 같지 않고

안개를 따라 숲으로 간다

숲은 언제나 강으로 달린다
강가에는 달려온 상처투성이 숲의 발이 보인다
새벽안개는 아픈 숲의 발을 쓰다듬다가
강물에 발을 담그고……

안개를 따라 나는 숲에 간다
안개는 잡목 사이 이곳저곳에 끼어 있다
보이지 않는 곳에는 제 생에 겨워 툭툭 꽃을 떨구는 나무들
줄기를 휘감고 오르는 넝쿨식물 잎 위에는
제자리를 갉아먹는 송충이떼
어리석음의 빛깔은 또 얼마나 아름다운가
더 낮고 어두운 곳에서는 벌레들 습기에 젖어 기어다닌다

어떤 안개는 후미진 골짜기로 서둘러 몸을 감추고
발이 가벼운 안개는 손 닿을 수 없는 거리로 먼 산허리를 휘감는다
"보이지 않지만 살아 있는 것도 있어요"
아빠의 무덤 앞에서 어린 조카가 말한다

문득 이름 모를 새 한 마리 숲을 박차고 오른다
새의 등에 얹혀 숲을 벗어나는 한 움큼의 안개여
오르지도 못하는 온갖 것들이 안개에 젖어 숲을 이루

는구나
우렁우렁 깊어가는 숲의
더운 숨소리 들린다

가을

새벽 뜰에는 온통 귀뚜라미 울음이 수천 개의 요령 소리가 되어 깔려 있습니다 한 발 내려디디니 발끝에 채인 그것들이 도글도글 굴러서 서로 몸을 부딪히는 소리가 요란합니다 서늘하게 식은 몸을 푸르게 펴고 길길이 달아나는 시간의 뒷모습이 적막합니다 오늘 아침에는 제법 여러 개의 새치를 뽑았습니다

누구나

"고려화학 누구나로 칠하십시오 누구나는 흐르거나 튀지 않아 구태여 사람을 부르거나 하지 않아도 손수 칠할 수 있는 간편한 페인트입니다"

순백색 백장미색 연노랑색 사과색 살구색 연사과색 연보라색 핑크색……

직접 칠해보십시오 누구나의 세상

진슬픔색 연슬픔색 진고통색 연고통색 기쁨색 치욕색 살고싶음색 죽고싶음색 울고싶음색· 색색색

가상

가방을 죄악 그릇을 행복 신발을 질투 양말을 고통
팬티를 절망이라고 불러보자
쇼핑센터엔

죄악을 파는 가게
행복 질투 고통을 파는 가게

죄악의 종류도 다양해서
끼는 것 메는 것 굴리는 것

행복의 종류도 여러 가지
둥근 형 네모난 형 납작한 형 키가 큰 형

그러면
봉급날 어느 신사는 커다란 죄악 속에다
이쁜 행복과 얄팍한 고통 최신형 질투 질긴 절망을 사서 넣고

아내랑 자식들에게
아나
고통 받아라 행복 받아라
절망 받아라 죄악 받아라 아니
사기 같은 인생이다

받아라

문학동네포에지 047

토씨찾기

초판 인쇄 2022년 5월 13일
초판 발행 2022년 5월 26일

지은이—이경림
책임편집—김동휘
편집—김민정 유성원 송원경 김필균
표지 디자인—이기준 이현정
본문 디자인—이주영
마케팅—정민호 이숙재 김도윤 한민아 정진아 이가을 우상욱 정유선
브랜딩—함유지 함근아 김희숙 정승민
제작—강신은 김동욱 임현식
제작처—영신사

펴낸곳—(주)문학동네
펴낸이—김소영
출판등록—1993년 10월 22일 제2003-000045호
주소—10881 경기도 파주시 회동길 210
전자우편—editor@munhak.com
대표전화—031-955-8888 / 팩스—031-955-8855
문의전화—031-955-2696(마케팅), 031-955-8875(편집)
문학동네카페—cafe.naver.com/mhdn
트위터—@munhakdongne
북클럽문학동네—bookclubmunhak.com

ISBN 978-89-546-8696-9 03810

www.munhak.com

문학동네